Discours de la servitude volontaire

Préface de Gilles Nuytens ©2021. EDICO
Édition : JDH Éditions
77600 Bussy-Saint-Georges. France
Imprimé par BoD – Books on Demand, Norderstedt, Allemagne

Réalisation graphique couverture : Cynthia Skorupa

ISBN : 978-2-38127-142-2
Dépôt légal : mars 2021

Étienne de La Boétie

Discours de la servitude volontaire

JDH Éditions
Les Atemporels

Les Atemporels

Qu'il s'agisse d'œuvres du vingtième siècle, du dix-neuvième, du dix-huitième ou encore plus tôt...

Qu'il s'agisse d'essais, de récits, de romans, de pamphlets...

Ces œuvres ont marqué leur époque, leur contexte social, et elles sont encore structurantes dans la pensée et la société d'aujourd'hui.

La collection "Les Atemporels" de JDH Éditions, réunit un choix de ces œuvres qui ne vieillissent pas, qui ont une date de publication (indiquée sur la couverture) mais pas de date de péremption. Car elles seront encore lues et relues dans un siècle.

La plupart de ces atemporels sont préfacés par un auteur ou un penseur contemporain.

Préface

Malgré son âge respectable de presque 500 ans, ce texte intemporel résonne tout particulièrement en moi aujourd'hui. La « servitude volontaire » de nos sociétés, je l'avais déjà constatée depuis longtemps, à différents niveaux, mais depuis le printemps de cette année maudite de 2020, elle est devenue une évidence brutale. Il m'est impossible de ne pas faire de parallèle avec cette situation délirante que nous vivons à l'heure où j'écris ces lignes. La servitude, qu'elle soit volontaire ou non, a existé, existe et existera toujours tant que l'humanité elle-même existera, il ne faut pas se leurrer. Et ce texte d'Étienne de La Boétie la décrit de façon percutante. La situation a changé, certes, mais le principe reste le même.

Par ce pamphlet « coup de poing » pour son époque, Étienne de La Boétie démontre donc qu'accepter de perdre ses libertés, c'est accepter sa servitude. Or que se passe-t-il aujourd'hui ? Depuis des années, nos libertés nous sont retirées au compte goûte, ci et là, petit à petit, insidieusement. Lentement mais sûrement, elles nous sont grappillées dans l'indifférence quasi générale. Une indifférence que je qualifierais d'assourdissante tellement elle me semble omniprésente : je la vois, je la sens, je la respire. Elle est là, elle est bien là, ancrée dans les mœurs de ce 21ème siècle. En comparaison avec le Moyen-Âge ou l'Antiquité où la population vivait sous le joug de « tyrans » tout puissants qui avaient souvent droit de vie ou de mort sur tout un chacun, nous jouissons d'un mode de vie beaucoup plus aisé. Pourtant, paradoxalement, nos sociétés « modernes » ont tellement été habituées à vivre cette « grande liberté » (toute relative) que je reste halluciné par tant d'apathie face à cette érosion progressive de ces mêmes libertés. Ne devrions-nous pas nous offusquer vigoureusement de perdre ce que nous considérions comme acquis, nous serrer les coudes, nous révolter ? Alors pourquoi cette indifférence ? Selon moi, il y a de très nombreux facteurs qui la justifient. Et parmi ces facteurs, celui qui me paraît le plus pertinent est celui de la « perte infime », car il s'agit bien souvent de pertes de libertés tellement infimes qu'elles passent inaperçues. De l'ordre du détail. Nous, cette « masse populaire » malléable que nous sommes, nous grognons un coup, nous râlons puis nous passons à autre chose et nous nous y habituons. Et surtout nous oublions. C'est dans l'ordre des choses car la société aura bien pris soin de nous occuper l'esprit avec de nouveaux soucis et de nouveaux plaisirs. Dans l'antiquité et au Moyen-Âge, c'était la religion et les jeux. Aujourd'hui, en cette période de « surconsommation » de l'information, notre esprit est tellement sollicité et submergé par tout un tas d'informations anecdotiques et inutiles qu'il est comme noyé dans ce flux d'informations en continu. Notre cerveau doit ainsi faire le tri dans toutes ces informations à traiter et il privilégiera en toute logique les informations « directes », les nouvelles, celles qui ont une influence immédiate et celles qui « font du bien ». Nos « préoccupations » sont ainsi « orientées » sur des choses souvent sans intérêt (Il ne faut surtout pas que je rate l'émission d'untel ce soir à la TV !). Jusqu'à la « perte » suivante et ainsi de suite. Mais à un moment donné, toutes les petites pierres ainsi perdues auront contribué – sans que l'on ne s'en aperçoive – à l'érosion de la montagne… C'est l'effet d'accoutumance.

Alors, lorsque cela se produit à plus grande échelle, par exemple la perte soudaine des droits fondamentaux (comme dans cette période sombre de « dictature sanitaire »), une grande partie de ces libertés ainsi perdues – les plus « visibles » – nous sont finalement rendues une fois la « crise » passée. Mais il ne faut pas être naïf, certaines de ces libertés perdues ne sont généralement jamais retrouvées. Bien entendu, la majorité de la population applaudira le « *retour de ses libertés* » sans réaliser qu'en fait, elle applaudit sa « servitude gagnée » ! Car d'après moi, il s'agit bien de ça, nos libertés fondamentales nous sont retirées de façon flagrante et brutale pour mieux « faire passer la pilule » de la perte définitive des moins « indispensables » : les plus petites, les plus anecdotiques, les moins « vitales ». Je ne prétends bien sur pas qu'il s'agisse là d'un « plan machiavélique » comme le fantasment certains, il s'agirait plutôt d'une dérive opportuniste générée par un inconscient collectif métastasé et alimenté par une ignorance et une incompétence généralisée, tant des dirigeants que des dirigés.

Pour ma part, la citation qui suit résume à elle seule les grandes lignes du livre : « *Il n'est pas croyable comme le peuple, dès lors qu'il est assujetti, tombe si soudain en un tel et si profond oubli de la franchise (ndlr : liberté), qu'il n'est pas possible qu'il se réveille pour la ravoir, servant si franchement et tant volontiers qu'on dirait, à le voir, qu'il a non pas perdu sa liberté, mais gagné sa servitude.* » La Boétie démontre ainsi que de petites acceptations en petits compromis, la soumission prend la forme et la couleur d'un choix *d'apparence* involontaire. Mais en réalité, selon sa thèse, il s'agirait plutôt d'un choix *inconsciemment* volontaire forcé par l'aliénation sociétale dont la grande majorité du peuple n'a pas conscience. Lorsqu'un pouvoir s'impose par la force, celui-ci ne peut perdurer dans le temps et dans une société sans que celle-ci ne collabore, de façon active ou résignée. Car ils se soumettent à « *un tyran seul qui n'a de puissance que celle qu'ils lui donnent, qui n'a pouvoir de leur nuire qu'autant qu'ils veulent bien l'endurer, et qui ne pourrait leur faire aucun mal s'ils n'aimaient mieux tout souffrir de lui que de le contredire* ». À cet égard, La Boétie suggère la désobéissance pour se libérer : « *Soyez résolus à ne plus servir, et vous voilà libres* ». On peut ainsi le considérer comme le précurseur du concept de désobéissance civile.

La jeune génération ne comprend pas la colère des plus anciens face à l'évolution du monde car elle a grandi dans une société déjà accoutumée à la perte des libertés. « *La première raison de la servitude volontaire, c'est l'habitude* ». C'est le premier facteur de servitude volontaire. Or si vous avez grandi dans une société ou par exemple la vie privée « c'est dépassé », vous ne comprendrez sans doute pas les réactions des « vieux » qui vous sembleront être des « réacs ». Pour moi qui ai grandi dans les années '80, le monde d'aujourd'hui est juste devenu invivable. Le ressenti des pertes de libertés est phénoménal et tellement palpable que j'ai l'impression de vivre dans un autre monde. Mais pour autant, je ne sombrerai jamais dans l'acceptation de cette servitude aliénante. Je n'ose imaginer ce que cela doit être pour les plus anciens, la génération « Mai '68 ».

La seconde raison à la servitude volontaire, selon l'auteur, c'est l'endormissement du peuple, sa lâcheté, sa peur de perdre une forme de sécurité illusoire. Il préfère une vie bien rangée et ennuyeuse, sécurisée et sécurisante plutôt que de prendre le moindre risque de perdre ses « acquis » pour gagner une vie potentiellement meilleure mais incertaine. Ici encore le parallèle avec nos sociétés est flagrant. L'auteur fait ainsi le parallèle avec les tyrans de l'antiquité qui proposaient des « jeux », souvent sanglants (combats de gladiateurs), pour occuper le peuple et le maintenir docile sous sa coupe. Ainsi, il endort tout sentiment de rébellion et de contestation. Qu'en est-il aujourd'hui ? La télévision a remplacé les combats de gladiateurs, elle a commencé par nous abreuver jusqu'à l'indigestion de programmes plus débilitants les uns que les autres. Et, « surprise », le peuple suit et en redemande. La pusillanimité du peuple est de fait exacerbée. « *Les théâtres, les jeux, les farces, les spectacles, les gladiateurs, les bêtes curieuses, les médailles, les tableaux et autres drogues de cette espèce étaient pour les peuples anciens les appâts de la servitude, la compensation de leur liberté ravie, les instruments de la tyrannie.* » On peut également faire ici un parallèle avec l'hyper consommation, l'addiction névrotique aux réseaux « anti-sociaux », aux smartphones et aux infos anxiogènes qui inondent nos cerveaux en permanence. Et je ne parle même pas de ces télé-réalités « abrutissantes » qui montrent l'être humain sous son jour le plus sordide et dont une grande partie de la population est complètement accro, comme hypnotisée. Voire hystérique dans les cas les plus extrêmes. Ces programmes qui font appel aux plus bas instincts de l'être humain, comme le voyeurisme, le commérage, le lynchage public et la « mise à mort » virtuelle des candidats sont devenus la norme. Pire, c'est même « branché » d'aimer ce type de « divertissement » ! C'est le culte de la médiocrité.

Enfin, la troisième raison, c'est le facteur « *malencontre* », l'accident tragique. Le parallèle avec la situation « Covid » est ici, une fois de plus, on ne peut plus flagrant. Le malencontre est une catastrophe, une malchance qui s'abat sur un groupe de personnes, un village, une ville, un pays, voire le monde et dont les effets font boule de neige jusqu'à en oublier le « monde d'avant », au point que « *l'amour de la servitude s'est substitué au désir de liberté* ». On pourrait presque parler de syndrome de Stockholm. Je ne peux qu'ici faire un parallèle indéniable entre cet « accident de l'histoire » qu'est l'apparition du Covid-19 et le début de la tyrannie qui s'en est ensuivie. L'amour de cette tyrannie se manifeste sous de nombreuses formes, du zèle acharné de ses adeptes jusqu'à sa forme la plus sordide : la délation des « subversifs » qui s'opposent à la tyrannie. Car cette tyrannie est bel et bien justifiée dans leur esprit : c'est pour le bien de tous, « The Greater Good ». Dès lors, quiconque ose défier cette nouvelle autorité doit en payer le prix. Ainsi pour stopper ces « monstres » qui défient outrageusement ce « mal nécessaire », ils en deviennent à leur tour des monstres, tels des fanatiques religieux face au blasphème suprême, celui de la remise en question de la légitimité de cette nouvelle autorité aux effluves fascisantes.

Le « secret de toute domination », c'est faire participer les dominés à leur domination !

Et comme me l'a récemment dit un individu que je qualifierais de nauséabond : « *le masque vous rendra libre* » ; pour continuer sur la même lancée un peu plus tard : « *le vaccin vous rendra libre* ». Ce chantage ignoble vous oblige ainsi à accepter une soumission afin de se « libérer » d'une autre. Le peuple gagne ainsi sa servitude. Avec les applaudissements.

Tous les facteurs de la servitude volontaire dont parle l'auteur sont aujourd'hui bel et bien réunis. Pas étonnant donc que le peuple reste dans cet état léthargique face à sa nouvelle servitude. Les gens ont petit à petit été habitués à obéir sans broncher.

Selon La Boétie, l'une des raisons de l'acceptation quasi aveugle de cette soumission au « tyran », c'est l'affaiblissement mental du peuple. La volonté du peuple est anesthésiée par les « jeux » et tout ce qui détourne son esprit du pouvoir et de sa condition. Le peuple est comme drogué par ses nouveaux besoins créés artificiellement. Aujourd'hui, c'est plus subtil et moins clair puisque cette tyrannie d'un seul est remplacée par une sorte de tyrannie de groupe dans laquelle toute la population participe de façon aveugle et inconsciente, pour la plupart. C'est un imbroglio, tout le monde influence tout le monde. Il y a certes des gens de plus grande influence, de « pouvoir », mais eux-mêmes sont assujettis par ce que j'appelle « l'inconscient collectif ». Pour moi, le véritable « tyran » d'aujourd'hui, c'est bel et bien cet inconscient collectif manipulé, manipulable et manipulateur d'une intention inconsciente. Le « tyran » à proprement parler n'est plus là mais c'est comme si ses « outils de tyrannie » étaient devenus autonomes, comme une forme d'intelligence collective, une ruche, une fourmilière qui aurait pris le contrôle du monde. Les gens s'habituent, goutte après goutte, aux pertes de leurs libertés et sans s'en rendre compte, ils deviennent des pantins obéissants… et fiers de l'être. C'est la soumission par l'inconscient collectif qui se fait au fil du temps, au fil des ans. Les libertés subissent ainsi une forme d'inflation pour finir par disparaître progressivement. Nous sommes devenus des automates programmés par un inconscient collectif qui s'autoprogramme autant qu'il s'autoalimente. Nous sommes ainsi les esclaves de nous-mêmes. Les tyrans d'antan sont en nous, dans ce collectif humain qui s'influence l'un l'autre, et ce à une vitesse qui va de pair avec l'évolution d'Internet et des réseaux « anti-sociaux ». Telles des marionnettes, tant les dirigeants « apparents » que les dirigés, tous, nous sommes esclaves de cet « inconscient collectif » implacable. Et certains en tirent parti plus que d'autres, jusqu'à parvenir à s'en détacher et (re) devenir de véritables tyrans…

La forme de servitude volontaire à cet inconscient collectif est néanmoins quelque peu différente de ce pouvoir tyrannique dont parle Étienne de La Boétie. Pour autant, il use tout de même d'éléments fort similaires. Si le pouvoir du tyran est pyramidal, celui de cet inconscient collectif est bien plus pervers car il est en chacun de nous. Tel un virus qui programme notre cerveau pour penser de telle ou telle façon et donc agir de telle ou telle façon également. Mais tout comme pour le tyran, il suffirait de dire « non » pour s'en libérer. Le plus difficile étant bien entendu de « prendre conscience de cet inconscient », comme l'esclave du tyran doit prendre conscience de sa condition. On ne peut en effet libérer un esclave qui est persuadé d'être libre. On ne peut pas non plus asservir un peuple si celui-ci ne s'est pas déjà asservi lui-même.

Rédigé entre 1548 et 1549, puis publié des années plus tard par fragments sous le nom de « Contr'un » (pour : « Contre un tyran ») par des monarchomaques protestants, ce pamphlet brûlant sera finalement publié intégralement en 1576. Malheureusement pour son auteur, il n'en verra jamais le jour puisqu'il décédera brutalement en 1563. Imaginez ça, ce texte a été écrit alors qu'il n'avait que 18 ans ! Génie de son temps ? Clairvoyant ? Certainement un petit peu des deux. Quoi qu'il en soit, ce texte est universel et transcende les âges.

Avant de commencer la lecture, sachez qu'il y a eu des dizaines de versions différentes de ce même texte. Le manuscrit original écrit de la main d'Étienne de La Boétie (en ancien français donc) n'ayant jamais été retrouvé, c'est le texte connu sous le nom de « Manuscrit de Mesmes » (du nom de son premier possesseur) qui fait généralement référence. Mais ce texte serait déjà une adaptation du texte original, qui a lui-même suscité d'autres adaptations et interprétations, influencées et orientées selon les périodes et situations politiques… Il n'est donc pas étonnant de voir une même citation écrite de façons très différentes parfois.

La présente édition est basée sur le Manuscrit de Mesme mais retouchée par JDH Éditions.

Sur une note d'espoir, je vous laisse avec cette citation : « *Il* s'en trouve toujours certains, mieux nés que les autres, qui sentent le poids du joug et ne peuvent se retenir de le secouer, qui ne s'apprivoisent jamais à la sujétion et qui, comme Ulysse cherchait par terre et par mer à revoir la fumée de sa maison, n'ont garde d'oublier leurs droits naturels, leurs origines, leur état premier, et s'empressent de les revendiquer en toute occasion. Ceux-là, ayant l'entendement net et l'esprit clairvoyant, ne se contentent pas, comme les ignorants, de voir ce qui est à leurs pieds sans regarder ni derrière ni devant. Ils se remémorent les choses passées pour juger le présent et prévoir l'avenir. Ce sont eux qui, ayant d'eux-mêmes la tête bien faite, l'ont encore affinée par l'étude et le savoir. Ceux-là, quand la liberté serait entièrement perdue et bannie de ce monde, l'imaginent et la sentent en leur esprit, et la savourent. Et la servitude les dégoûte, pour si bien qu'on l'accoutre ».

Gilles Nuytens, 24 Janvier 2021.

Il n'est pas bon d'avoir plusieurs maîtres ; n'en ayons qu'un seul ;
Qu'un seul soit le maître, qu'un seul soit le roi.

Voilà ce que déclara Ulysse en public, selon Homère.

S'il eût dit seulement : « Il n'est pas bon d'avoir plusieurs maî-
tres », c'était suffisant. Mais au lieu d'en déduire que la
domination de plusieurs ne peut être bonne, puisque la puissance
d'un seul, dès qu'il prend ce titre de maître, est dure et déraison-
nable, il ajoute au contraire : « N'ayons qu'un seul maître… »

Il faut peut-être excuser Ulysse d'avoir tenu ce langage, qui lui
servait alors pour apaiser la révolte de l'armée : je crois qu'il
adaptait plutôt son discours aux circonstances qu'à la vérité. Mais
à la réflexion, c'est un malheur extrême que d'être assujetti à un
maître dont on ne peut jamais être assuré de la bonté, et qui a
toujours le pouvoir d'être méchant quand il le voudra. Quant à
obéir à plusieurs maîtres, c'est être autant de fois extrêmement
malheureux.
Je ne veux pas débattre ici la question tant de fois agitée, à savoir
« si d'autres sortes de républiques sont meilleures que la monar-
chie ». Si j'avais à la débattre, avant de chercher quel rang la
monarchie doit occuper parmi les divers modes de gouverner la
chose publique, je demanderais si l'on doit même lui en accorder
aucun, car il est difficile de croire qu'il n'y ait rien de public dans
ce gouvernement où tout est à un seul. Mais réservons pour un
autre temps cette question qui mériterait bien un traité à part, et
qui provoquerait toutes les disputes politiques.

Pour le moment, je voudrais seulement comprendre comment il
se peut que tant d'hommes, tant de bourgs, tant de villes, tant de
nations supportent quelquefois un tyran seul qui n'a de puissance
que celle qu'ils lui donnent, qui n'a pouvoir de leur nuire qu'au-
tant qu'ils veulent bien l'endurer, et qui ne pourrait leur faire

aucun mal s'ils n'aimaient mieux tout souffrir de lui que de le contredire. Chose vraiment étonnante et pourtant si commune qu'il faut plutôt en gémir que s'en ébahir, de voir un million d'hommes misérablement asservis, la tête sous le joug, non qu'ils y soient contraints par une force majeure, mais parce qu'ils sont fascinés et pour ainsi dire ensorcelés par le seul nom d'un, qu'ils ne devraient pas redouter, puisqu'il est seul, ni aimer puisqu'il est envers eux tous, inhumain et cruel. Telle est pourtant la faiblesse des hommes : contraints à l'obéissance, obligés de temporiser, ils ne peuvent pas être toujours les plus forts. Si donc une nation, contrainte par la force des armes, est soumise au pouvoir d'un seul — comme la cité d'Athènes le fut à la domination des trente tyrans —, il ne faut pas s'étonner qu'elle serve, mais bien le déplorer. Ou plutôt, ne s'en étonner ni ne s'en plaindre, mais supporter le malheur avec patience, et se réserver pour un avenir meilleur.

Nous sommes ainsi faits que les devoirs communs de l'amitié absorbent une bonne part de notre vie. Il est raisonnable d'aimer la vertu, d'estimer les belles actions, d'être reconnaissants pour les bienfaits reçus, et de réduire souvent notre propre bien-être pour accroître l'honneur et l'avantage de ceux que nous aimons, et qui méritent d'être aimés. Si donc les habitants d'un pays trouvent parmi eux un de ces hommes rares qui leur ait donné des preuves d'une grande prévoyance pour les sauvegarder, d'une grande hardiesse pour les défendre, d'une grande prudence pour les gouverner ; s'ils s'habituent à la longue à lui obéir et à se fier à lui jusqu'à lui accorder une certaine suprématie, je ne sais s'il serait sage de l'enlever de là où il faisait bien pour le placer là où il pourra faire mal ; il semble, en effet, naturel d'avoir de la bonté pour celui qui nous a procuré du bien, et de ne pas en craindre un mal.

Mais, ô grand Dieu, qu'est donc cela ? Comment appellerons-nous ce malheur ? Quel est ce vice, ce vice horrible, de voir un nombre infini d'hommes, non seulement obéir, mais servir, non pas être gouvernés, mais être tyrannisés, n'ayant ni biens, ni parents, ni enfants, ni leur vie même qui soient à eux ? De les voir souffrir les rapines, les paillardises, les cruautés, non d'une armée, non d'un camp barbare contre lesquels chacun devrait défendre son sang et sa vie, mais d'un seul ! Non d'un Hercule ou d'un Samson, mais d'un hommelet souvent le plus lâche, le plus efféminé de la nation, qui n'a jamais flairé la poudre des batailles ni guère foulé le sable des tournois, qui n'est pas seulement inapte à commander aux hommes, mais encore à satisfaire la moindre femmelette ! Nommerons-nous cela lâcheté ? Appellerons-nous vils et couards ces hommes soumis ? Si deux, si trois, si quatre cèdent à un seul, c'est étrange, mais toutefois possible ; on pourrait peut-être dire avec raison : c'est faute de cœur. Mais si cent, si mille souffrent l'oppression d'un seul, dira-t-on encore qu'ils n'osent pas s'en prendre à lui, ou qu'ils ne le veulent pas, et que ce n'est pas couardise, mais plutôt mépris ou dédain ?

Enfin, si l'on voit non pas cent, non pas mille hommes, mais cent pays, mille villes, un million d'hommes ne pas assaillir celui qui les traite tous comme autant de serfs et d'esclaves, comment qualifierons-nous cela ? Est-ce lâcheté ? Mais tous les vices ont des bornes qu'ils ne peuvent pas dépasser. Deux hommes, et même dix, peuvent bien en craindre un ; mais que mille, un million, mille villes ne se défendent pas contre un seul homme, cela n'est pas couardise : elle ne va pas jusque-là, de même que la vaillance n'exige pas qu'un seul homme escalade une forteresse, attaque une armée, conquière un royaume. Quel vice monstrueux est donc celui-ci, qui ne mérite pas même le titre de couardise, qui ne trouve pas de nom assez laid, que la nature désavoue et que la langue refuse de nommer ?..

Qu'on mette face à face cinquante mille hommes en armes ; qu'on les range en bataille, qu'ils en viennent aux mains ; les uns, libres, combattent pour leur liberté, les autres combattent pour la leur ravir. Auxquels promettrez-vous la victoire ? Lesquels iront le plus courageusement au combat : ceux qui espèrent pour récompense le maintien de leur liberté, ou ceux qui n'attendent pour salaire des coups qu'ils donnent et qu'ils reçoivent que la servitude d'autrui ? Les uns ont toujours devant les yeux le bonheur de leur vie passée et l'attente d'un bien-être égal pour l'avenir.

Ils pensent moins à ce qu'ils endurent le temps d'une bataille qu'à ce qu'ils endureraient, vaincus, eux, leurs enfants et toute leur postérité. Les autres n'ont pour aiguillon qu'une petite pointe de convoitise qui s'émousse soudain contre le danger, et dont l'ardeur s'éteint dans le sang de leur première blessure. Aux batailles si renommées de Miltiade, de Léonidas, de Thémistocle, qui datent de deux mille ans et qui vivent encore aujourd'hui aussi fraîches dans la mémoire des livres et des hommes que si elles venaient d'être livrées hier, en Grèce, pour le bien des Grecs et pour l'exemple du monde entier, qu'est-ce qui donna à un si petit nombre de Grecs, non pas le pouvoir, mais le courage de supporter la force de tant de navires que la mer elle-même en débordait, de vaincre des nations si nombreuses que tous les soldats grecs, pris ensemble, n'auraient pas fourni assez de capitaines aux armées ennemies ? Dans ces journées glorieuses, c'était moins la bataille des Grecs contre les Perses que la victoire de la liberté sur la domination, de l'affranchissement sur la convoitise.

Ils sont vraiment extraordinaires, les récits de la vaillance que la liberté met au cœur de ceux qui la défendent ! Mais ce qui arrive, partout et tous les jours : qu'un homme seul en opprime cent mille et les prive de leur liberté, qui pourrait le croire, s'il ne faisait que l'entendre et non le voir ? Et si cela n'arrivait que dans des pays étrangers, des terres lointaines et qu'on vînt nous le raconter, qui ne croirait ce récit purement inventé ?

Or ce tyran seul, il n'est pas besoin de le combattre, ni de l'abattre. Il est défait de lui-même, pourvu que le pays ne consente point à sa servitude. Il ne s'agit pas de lui ôter quelque chose, mais de ne rien lui donner. Pas besoin que le pays se mette en peine de ne faire rien pour soi, pourvu qu'il ne fasse rien contre soi. Ce sont donc les peuples eux-mêmes qui se laissent, ou plutôt qui se font malmener, puisqu'ils en seraient quittes en cessant de servir. C'est le peuple qui s'asservit et qui se coupe la gorge ; qui, pouvant choisir d'être soumis ou d'être libre, repousse la liberté et prend le joug ; qui consent à son mal, ou plutôt qui le recherche… S'il lui coûtait quelque chose pour recouvrer sa liberté, je ne l'en presserais pas ; même si ce qu'il doit avoir le plus à cœur est de rentrer dans ses droits naturels et, pour ainsi dire, de bête redevenir homme. Mais je n'attends même pas de lui une si grande hardiesse ; j'admets qu'il aime mieux je ne sais quelle assurance de vivre misérablement qu'un espoir douteux de vivre comme il l'entend. Mais quoi ! Si pour avoir la liberté il suffit de la désirer, s'il n'est besoin que d'un simple vouloir, se trouvera-t-il une nation au monde qui croie la payer trop cher en l'acquérant par un simple souhait ? Et qui regretterait sa volonté de recouvrer un bien qu'on devrait racheter au prix du sang, et dont la perte rend à tout homme d'honneur la vie amère et la mort bienfaisante ? Certes, comme le feu d'une petite étincelle grandit et se renforce toujours, et plus il trouve de bois à brûler, plus il en dévore, mais se consume et finit par s'éteindre de lui-même quand on cesse de l'alimenter, de même, plus les tyrans pillent, plus ils exigent ; plus ils ruinent et détruisent, plus où leur fournit, plus on les sert. Ils se fortifient d'autant, deviennent de plus en plus frais et dispos pour tout anéantir et tout détruire. Mais si on ne leur fournit rien, si on ne leur obéit pas, sans les combattre, sans les frapper, ils restent nus et défaits et ne sont plus rien, de même que la branche, n'ayant plus de suc ni d'aliment à sa racine, devient sèche et morte.

Pour acquérir le bien qu'il souhaite, l'homme hardi ne redoute aucun danger, l'homme avisé n'est rebuté par aucune peine. Seuls les lâches et les engourdis ne savent ni endurer le mal, ni recouvrer le bien qu'ils se bornent à convoiter. L'énergie d'y prétendre leur est ravie par leur propre lâcheté ; il ne leur reste que le désir naturel de le posséder. Ce désir, cette volonté commune aux sages et aux imprudents, aux courageux et aux couards, leur fait souhaiter toutes les choses dont la possession les rendrait heureux et contents. Il en est une seule que les hommes, je ne sais pourquoi, n'ont pas la force de désirer : c'est la liberté, bien si grand et si doux ! Dès qu'elle est perdue, tous les maux s'ensuivent, et sans elle tous les autres biens, corrompus par la servitude, perdent entièrement leur goût et leur saveur. La liberté, les hommes la dédaignent uniquement, semble-t-il, parce que s'ils la désiraient, ils l'auraient ; comme s'ils refusaient de faire cette précieuse acquisition parce qu'elle est trop aisée.

Pauvres gens misérables, peuples insensés, nations opiniâtres à votre mal et aveugles à votre bien ! Vous vous laissez enlever sous vos yeux le plus beau et le plus clair de votre revenu, vous laissez piller vos champs, voler et dépouiller vos maisons des vieux meubles de vos ancêtres ! Vous vivez de telle sorte que rien n'est plus à vous. Il semble que vous regarderiez désormais comme un grand bonheur qu'on vous laissât seulement la moitié de vos biens, de vos familles, de vos vies. Et tous ces dégâts, ces malheurs, cette ruine, ne vous viennent pas des ennemis, mais certes bien de l'ennemi, de celui-là même que vous avez fait ce qu'il est, de celui pour qui vous allez si courageusement à la guerre, et pour la grandeur duquel vous ne refusez pas de vous offrir vous-mêmes à la mort. Ce maître n'a pourtant que deux yeux, deux mains, un corps, et rien de plus que n'a le dernier des habitants du nombre infini de nos villes. Ce qu'il a de plus, ce sont les moyens que vous lui fournissez pour vous détruire. D'où tire-t-il tous ces yeux qui vous épient, si ce n'est de vous ? Comment a-t-il tant de mains pour vous frapper, s'il ne vous les emprunte ? Les pieds dont il foule vos cités ne sont-ils pas aussi les vôtres ? A-t-il pouvoir sur vous, qui ne soit de vous-mêmes ? Comment oserait-il vous assaillir, s'il n'était d'intelligence avec vous ? Quel mal pourrait-il vous faire, si vous n'étiez les receleurs du larron qui vous pille, les complices du meurtrier qui vous tue et les traîtres de vous-mêmes ? Vous semez vos champs pour qu'il les dévaste, vous meublez et remplissez vos maisons pour fournir ses pilleries, vous élevez vos filles afin qu'il puisse assouvir sa luxure, vous nourrissez vos enfants pour qu'il en fasse des soldats dans le meilleur des cas, pour qu'il les mène à la guerre, à la boucherie, qu'il les rende ministres de ses convoitises et exécuteurs de ses vengeances. Vous vous usez à la peine afin qu'il puisse se mignarder dans ses délices et se vautrer dans ses sales plaisirs. Vous vous affaiblissez afin qu'il soit plus fort, et qu'il vous tienne plus rudement la bride plus courte. Et de tant d'indignités que les bêtes elles-mêmes ne supporteraient pas si elles les sentaient, vous pourriez vous délivrer si vous essayiez, même pas de vous délivrer, seulement de le vouloir.

Soyez résolus à ne plus servir, et vous voilà libres. Je ne vous demande pas de le pousser, de l'ébranler, mais seulement de ne plus le soutenir, et vous le verrez, tel un grand colosse dont on a brisé la base, fondre sous son poids et se rompre.

Les médecins conseillent justement de ne pas chercher à guérir les plaies incurables, et peut-être ai-je tort de vouloir ainsi exhorter un peuple qui semble avoir perdu depuis longtemps toute connaissance de son mal — ce qui montre assez que sa maladie est mortelle. Cherchons donc à comprendre, si c'est possible, comment cette opiniâtre volonté de servir s'est enracinée si profond qu'on croirait que l'amour même de la liberté n'est pas si naturel.

Il est hors de doute, je crois, que si nous vivions avec les droits que nous tenons de la nature et d'après les préceptes qu'elle nous enseigne, nous serions naturellement soumis à nos parents, sujets de la raison, sans être esclaves de personne. Chacun de nous reconnaît en soi, tout naturellement, l'impulsion de l'obéissance envers ses père et mère. Quant à savoir si la raison est en nous innée ou non — question débattue amplement par les académies et agitée par toute l'école des philosophes, je ne pense pas errer en disant qu'il y a dans notre âme un germe naturel de raison. Développé par les bons conseils et les bons exemples, ce germe s'épanouit en vertu, mais il avorte souvent, étouffé par les vices qui surviennent. Ce qu'il y a de clair et d'évident, que personne ne peut ignorer, c'est que la nature, ministre de Dieu, gouvernante des hommes, nous a tous créés et coulés en quelque sorte dans le même moule, pour nous montrer que nous sommes tous égaux, ou plutôt frères. Et si, dans le partage qu'elle a fait de ses dons, elle a prodigué quelques avantages de corps ou d'esprit aux uns plus qu'aux autres, elle n'a cependant pas voulu nous mettre en ce monde comme sur un champ de bataille, et n'a pas envoyé ici bas les plus forts ou les plus adroits comme des brigands armés dans une forêt pour y malmener les plus faibles. Croyons plutôt qu'en faisant ainsi des parts plus grandes aux uns, plus petites aux autres, elle a voulu faire naître en eux l'affection fraternelle et les mettre à même de la pratiquer, puisque les uns ont la puissance de porter secours tandis que les autres ont besoin d'en recevoir. Donc, puisque cette bonne mère nous a donné à tous toute la terre pour demeure, puisqu'elle nous a tous logés dans la même maison, nous a tous formés sur le même modèle afin que chacun pût se regarder et quasiment se reconnaître dans l'autre comme dans un miroir, puisqu'elle nous a fait à tous ce beau présent de la voix et de la parole pour mieux nous rencontrer et fraterniser et pour produire, par la communication et l'échange de nos pensées, la communion de nos volontés ; puisqu'elle a cherché par tous les moyens à faire et à resserrer le nœud de notre alliance, de notre société, puisqu'elle a montré en toutes choses qu'elle ne nous voulait pas seulement unis, mais tels un seul être, comment douter alors que nous ne soyons tous naturellement libres, puisque nous sommes tous égaux ? Il ne peut entrer dans l'esprit de personne que la nature ait mis quiconque en servitude, puisqu'elle nous a tous mis en compagnie.

À vrai dire, il est bien inutile de se demander si la liberté est naturelle, puisqu'on ne peut tenir aucun être en servitude sans lui faire tort : il n'y a rien au monde de plus contraire à la nature, toute raisonnable, que l'injustice. La liberté est donc naturelle ; c'est pourquoi, à mon avis, nous ne sommes pas seulement nés avec elle, mais aussi avec la passion de la défendre.

Et s'il s'en trouve par hasard qui en doutent encore — abâtardis au point de ne pas reconnaître leurs dons ni leurs passions natives —, il faut que je leur fasse l'honneur qu'ils méritent et que je hisse, pour ainsi dire, les bêtes brutes en chaire, pour leur enseigner leur nature et leur condition. Les bêtes, Dieu me soit en aide, si les hommes veulent bien les entendre, leur crient : « Vive la liberté ! » Plusieurs d'entre elles meurent aussitôt prises. Tel le poisson qui perd la vie sitôt tiré de l'eau, elles se laissent mourir pour ne point survivre à leur liberté naturelle. Si les animaux avaient entre eux des prééminences, ils feraient de cette liberté leur noblesse. D'autres bêtes, des plus grandes aux plus petites, lorsqu'on les prend, résistent si fort des ongles, des cornes, du bec et du pied qu'elles démontrent assez quel prix elles accordent à ce qu'elles perdent. Une fois prises, elles nous donnent tant de signes flagrants de la connaissance de leur malheur qu'il est beau de les voir alors languir plutôt que vivre, et gémir sur leur bonheur perdu plutôt que de se plaire en servitude. Que veut dire d'autre l'éléphant lorsque, s'étant défendu jusqu'au bout, sans plus d'espoir, sur le point d'être pris, il enfonce ses mâchoires et casse ses dents contre les arbres, sinon que son grand désir de demeurer libre lui donne de l'esprit et l'avise de marchander avec les chasseurs : à voir s'il pourra s'acquitter par le prix de ses dents et si son ivoire, laissé pour rançon, rachètera sa liberté ?

Nous flattons le cheval dès sa naissance pour l'habituer à servir. Nos caresses ne l'empêchent pas de mordre son frein, de ruer sous l'éperon lorsqu'on veut le dompter. Il veut témoigner par là, ce me semble, qu'il ne sert pas de son gré, mais bien sous notre contrainte. Que dire encore ?

« Même les bœufs, sous le joug, geignent, et les oiseaux, en cage, se plaignent » Je l'ai dit autrefois en vers…

Ainsi donc, puisque tout être pourvu de sentiment sent le malheur de la sujétion et court après la liberté ; puisque les bêtes, même faites au service de l'homme, ne peuvent s'y soumettre qu'après avoir protesté d'un désir contraire, quelle malchance a pu dénaturer l'homme — seul vraiment né pour vivre libre — au point de lui faire perdre la souvenance de son premier état et le désir de le reprendre ?

Il y a trois sortes de tyrans.

Les uns règnent par l'élection du peuple, les autres par la force des armes, les derniers par succession de race. Ceux qui ont acquis le pouvoir par le droit de la guerre s'y comportent — on le sait et le dit fort justement comme en pays conquis. Ceux qui naissent rois, en général, ne sont guère meilleurs. Nés et nourris au sein de la tyrannie, ils sucent avec le lait le naturel du tyran et ils regardent les peuples qui leur sont soumis comme leurs serfs héréditaires. Selon leur penchant dominant — avares ou prodigues —, ils usent du royaume comme de leur héritage. Quant à celui qui tient son pouvoir du peuple, il semble qu'il devrait être plus supportable ; il le serait, je crois, si dès qu'il se voit élevé au-dessus de tous les autres, flatté par je ne sais quoi qu'on appelle grandeur, il décidait de n'en plus bouger. Il considère presque toujours la puissance que le peuple lui a léguée comme devant être transmise à ses enfants. Or dès que ceux-ci ont adapté cette opinion, il est étrange de voir combien ils surpassent en toutes sortes de vices, et même en cruautés, tous les autres tyrans. Ils ne trouvent pas meilleur moyen pour assurer leur nouvelle tyrannie que de renforcer la servitude et d'écarter si bien les idées de liberté de l'esprit de leurs sujets que, pour récent qu'en soit le souvenir, il s'efface bientôt de leur mémoire. Pour dire vrai, je vois bien entre ces tyrans quelques différences, mais de choix, je n'en vois pas : car s'ils arrivent au trône par des moyens divers, leur manière de règne est toujours à peu près la même. Ceux qui sont élus par le peuple le traitent comme un taureau à dompter, les conquérants comme leur proie, les successeurs comme un troupeau d'esclaves qui leur appartient par nature.

Je poserai cette question : si par hasard il naissait aujourd'hui quelques gens tout neufs, ni accoutumés à la sujétion, ni affriandés à la liberté, ignorant jusqu'au nom de l'une et de l'autre, et qu'on leur proposât d'être sujets ou de vivre libres, quel serait leur choix ? Sans aucun doute, ils préféreraient de beaucoup obéir à la seule raison que de servir un homme, à moins qu'ils ne soient comme ces gens d'Israël qui, sans besoin ni contrainte, se donnèrent un tyran. Je ne lis jamais leur histoire sans en éprouver un dépit extrême qui me porterait presque à être inhumain, jusqu'à me réjouir de tous les maux qui leur advinrent. Car pour que les hommes, tant qu'ils sont des hommes, se laissent assujettir, il faut de deux choses l'une : ou qu'ils y soient contraints, ou qu'ils soient trompés. Contraints par les armes étrangères comme le furent Sparte et Athènes par celles d'Alexandre, ou trompés par les factions comme le fut le gouvernement d'Athènes, tombé auparavant aux mains de Pisistrate. Ils perdent souvent leur liberté en étant trompés, mais sont moins souvent séduits par autrui qu'ils ne se trompent eux-mêmes. Ainsi le peuple de Syracuse, capitale de la Sicile, pressé par les guerres, ne songeant qu'au danger du moment, élut Denys Premier et lui donna le commandement de l'armée. Il ne prit garde qu'il l'avait fait aussi puissant que lorsque ce malin, rentrant victorieux comme s'il eût vaincu ses concitoyens plutôt que ses ennemis, se fit d'abord capitaine, puis roi, et de roi tyran. Il est incroyable de voir comme le peuple, dès qu'il est assujetti, tombe soudain dans un si profond oubli de sa liberté qu'il lui est impossible de se réveiller pour la reconquérir : il sert si bien, et si volontiers, qu'on dirait à le voir qu'il n'a pas seulement perdu sa liberté mais bien gagné sa servitude.

Il est vrai qu'au commencement on sert contraint et vaincu par la force ; mais les successeurs servent sans regret et font volontiers ce que leurs devanciers avaient fait par contrainte. Les hommes nés sous le joug, puis nourris et élevés dans la servitude, sans regarder plus avant, se contentent de vivre comme ils sont nés et ne pensent point avoir d'autres biens ni d'autres droits que ceux qu'ils ont trouvés ; ils prennent pour leur état de nature l'état de leur naissance.

Toutefois, il n'est pas d'héritier, même prodigue ou nonchalant, qui ne porte un jour les yeux sur les registres de son père pour voir s'il jouit de tous les droits de sa succession et si l'on n'a rien entrepris contre lui ou contre son prédécesseur. Mais l'habitude, qui exerce en toutes choses un si grand pouvoir sur nous, a surtout celui de nous apprendre à servir et, comme on le raconte de Mithridate, qui finit par s'habituer au poison, celui de nous apprendre à avaler le venin de la servitude sans le trouver amer. Nul doute que la nature nous dirige là où elle veut, bien ou mal lotis, mais il faut avouer qu'elle a moins de pouvoir sur nous que l'habitude. Si bon que soit le naturel, il se perd s'il n'est entretenu, et l'habitude nous forme toujours à sa manière, en dépit de la nature. Les semences de bien que la nature met en nous sont si menues, si frêles, qu'elles ne peuvent résister au moindre choc d'une habitude contraire. Elles s'entretiennent moins facilement qu'elles ne s'abâtardissent, et même dégénèrent, tels ces arbres fruitiers qui conservent les caractères de leur espèce tant qu'on les laisse venir, mais qui les perdent pour porter des fruits différents des leurs, selon la manière dont on les greffe.

Les herbes aussi ont chacune leur propriété, leur naturel, leur singularité ; pourtant la durée, les intempéries, le sol ou la main du jardinier augmentent ou diminuent de beaucoup leurs vertus. La plante qu'on a vue dans un pays n'est souvent plus reconnaissable dans un autre. Celui qui verrait les Vénitiens, une poignée de gens vivant si librement que le plus misérable d'entre eux ne voudrait pas être roi, nés et élevés de façon qu'ils ne connaissent d'autre ambition que celle d'entretenir pour le mieux leur liberté, éduqués et formés dès le berceau de telle sorte qu'ils n'échangeraient pas un brin de leur liberté pour toutes les autres félicités de la terre… Celui, dis-je, qui verrait ces personnes-là, et qui s'en irait ensuite sur le domaine de quelque « grand seigneur », y trouvant des gens qui ne sont nés que pour le servir et qui abandonnent leur propre vie pour maintenir sa puissance, penserait-il que ces deux peuples sont de même nature ? Ou ne croirait-il pas plutôt qu'en sortant d'une cité d'hommes, il est entré dans un parc de bêtes ?

On raconte que Lycurgue, le législateur de Sparte, avait nourri deux chiens, tous deux frères, tous deux allaités au même lait. L'un était engraissé à la cuisine, l'autre habitué à courir les champs au son de la trompe et du cornet. Voulant montrer aux Lacédémoniens que les hommes sont tels que la culture les a faits, il exposa les deux chiens sur la place publique et mit entre eux une soupe et un lièvre. L'un courut au plat, l'autre au lièvre. Et pourtant, dit-il, ils sont frères !

Celui-là, avec ses lois et son art politique, éduqua et forma si bien les Lacédémoniens que chacun d'eux préférait souffrir mille morts plutôt que de se soumettre à un autre maître que la loi et la raison.

Je prends plaisir à rappeler ici une anecdote concernant l'un des favoris de Xerxès, grand roi de Perse, et deux Spartiates. Lorsque Xerxès faisait ses préparatifs de guerre pour conquérir la Grèce entière, il envoya ses ambassadeurs dans plusieurs villes de ce pays pour demander de l'eau et de la terre — c'était la manière qu'avaient les Perses de sommer les villes de se rendre —.il se garda bien d'en envoyer à Sparte ni à Athènes parce que les Spartiates et les Athéniens, auxquels son père Darius en avait envoyés auparavant, les avaient jetés, les uns dans les fossés, les autres dans les puits en leur disant : « Allez-y, prenez là de l'eau et de la terre, et portez-les à votre prince. ». Ces gens ne pouvaient souffrir que, même par la moindre parole, on attentât à leur liberté. Les Spartiates reconnurent qu'en agissant de la sorte, ils avaient offensé les dieux, et surtout Talthybie, le dieu des hérauts. Ils résolurent donc, pour les apaiser d'envoyer à Xerxès deux de leurs concitoyens afin que, disposant d'eux à son gré, il pût se venger sur eux du meurtre des ambassadeurs de son père.

Deux Spartiates, l'un nommé Sperthiès et l'autre Bulis, s'offrirent comme victimes volontaires. Ils partirent. Arrivés au palais d'un Perse nommé Hydarnes, lieutenant du roi pour toutes les villes d'Asie qui étaient sur les côtes de la mer, celui-ci les accueillit fort honorablement, leur fit grande chère et, de fil en aiguille, leur demanda pourquoi ils rejetaient si fort l'amitié du roi. « Spartiates, dit-il, voyez par mon exemple comment le Roi sait honorer ceux qui le méritent. Croyez que si vous étiez à son service et qu'il vous eût connus, vous seriez tous les deux gouverneurs de quelque ville grecque. » Les Lacédémoniens répondirent : « En ceci, Hydarnes, tu ne pourrais nous donner un bon conseil ; car si tu as essayé le bonheur que tu nous promets, tu ignores entièrement celui dont NOUS jouissons. Tu as éprouvé la faveur du roi, mais tu ne sais pas quel goût délicieux a la liberté. Or si tu en avais seulement goûté, tu nous conseillerais de la défendre, non seulement avec la lance et le bouclier, mais avec les dents et avec les ongles ». Seuls les Spartiates disaient vrai, mais chacun parlait ici selon l'éducation qu'il avait reçue. Car il était aussi impossible au Persan de regretter la liberté dont il n'avait jamais joui qu'aux Lacédémoniens, qui l'avaient savourée, d'endurer l'esclavage.

Caton d'Utique, encore enfant et sous la férule de son maître, allait souvent voir le dictateur Sylla chez qui il avait ses entrées, tant à cause du rang de sa famille que de ses liens de parenté. Dans ces visites, il était toujours accompagné de son précepteur, comme c'était l'usage à Rome pour les enfants des nobles. Il vit un jour que dans l'hôtel même de Sylla, en sa présence ou par son commandement, on emprisonnait les uns, on condamnait les autres ; l'un était banni, l'autre étranglé. L'un demandait la confiscation des biens d'un citoyen, l'autre sa tête. En somme, tout s'y passait non comme chez un magistrat de la cité, mais comme chez un tyran du peuple ; c'était moins le sanctuaire de la justice qu'une caverne de tyrannie. Ce jeune garçon dit à son précepteur : « Que ne me donnez-vous un poignard ? Je le cacherai sous ma robe. J'entre souvent dans la chambre de Sylla avant qu'il ne soit levé… J'ai le bras assez fort pour en libérer la ville. » Voilà vraiment la parole d'un Caton. Ce début d'une vie était digne de sa mort. Taisez le nom et le pays, racontez seulement le fait tel qu'il est : il parle de lui-même. On dira aussitôt : « Cet enfant était romain, né dans Rome, lorsqu'elle était libre. » Pourquoi dis-je ceci ? Je ne prétends certes pas que le pays et le sol n'y fassent rien, car partout et en tous lieux l'esclavage est amer aux hommes et la liberté leur est chère. Mais il me semble qu'on doit avoir pitié de ceux qui, en naissant, se trouvent déjà sous le joug, qu'on doit les excuser ou leur pardonner si, n'ayant pas même vu l'ombre de la liberté, et n'en ayant pas entendu parler, ils ne ressentent pas le malheur d'être esclaves. S'il est des pays, comme le dit Homère de celui des Cimériens, où le soleil se montre tout différent qu'à nous, où après les avoir éclairés pendant six mois consécutifs, il les laisse dans l'obscurité durant les six autres mois, faut-il s'étonner que ceux qui naissent pendant cette longue nuit, s'ils n'ont point ouï parler de la clarté ni jamais vu le jour, s'accoutument aux ténèbres où ils sont nés sans désirer la lumière ?

On ne regrette jamais ce qu'on n'a jamais eu. Le chagrin ne vient qu'après le plaisir et toujours, à la connaissance du malheur, se joint le souvenir de quelque joie passée. La nature de l'homme est d'être libre et de vouloir l'être, mais il prend facilement un autre pli lorsque l'éducation le lui donne.

Disons donc que, si toutes choses deviennent naturelles à l'homme lorsqu'il s'y habitue, seul reste dans sa nature celui qui ne désire que les choses simples et non altérées. Ainsi la première raison de la servitude volontaire, c'est l'habitude. Voilà ce qui arrive aux plus braves chevaux qui d'abord mordent leur frein, et après s'en jouent, qui, regimbant naguère sous la selle, se présentent maintenant d'eux-mêmes sous le harnais et, tout fiers, se rengorgent sous l'armure.

Ils disent qu'ils ont toujours été sujets, que leurs pères ont vécu ainsi. Ils pensent qu'ils sont tenus d'endurer le mal, s'en persuadent par des exemples et consolident eux-mêmes, par la durée, la possession de ceux qui les tyrannisent.

Mais en vérité les années ne donnent jamais le droit de mal faire. Elles accroissent l'injure. Il s'en trouve toujours certains, mieux nés que les autres, qui sentent le poids du joug et ne peuvent se retenir de le secouer, qui ne s'apprivoisent jamais à la sujétion et qui, comme Ulysse cherchait par terre et par mer à revoir la fumée de sa maison, n'ont garde d'oublier leurs droits naturels, leurs origines, leur état premier, et s'empressent de les revendiquer en toute occasion. Ceux-là, ayant l'entendement net et l'esprit clairvoyant, ne se contentent pas, comme les ignorants, de voir ce qui est à leurs pieds sans regarder ni derrière ni devant. Ils se remémorent les choses passées pour juger le présent et prévoir l'avenir. Ce sont eux qui, ayant d'eux-mêmes la tête bien faite, l'ont encore affinée par l'étude et le savoir. Ceux-là, quand la liberté serait entièrement perdue et bannie de ce monde, l'imaginent et la sentent en leur esprit, et la savourent. Et la servitude les dégoûte, pour si bien qu'on l'accoutre.

Le grand Turc s'est bien aperçu que les livres et la pensée donnent plus que toute autre chose aux hommes le sentiment de leur dignité et la haine de la tyrannie. Je comprends que, dans son pays, il n'a guère de savants, ni n'en demande. Le zèle et la passion de ceux qui sont restés, malgré les circonstances, les dévots de la liberté, restent communément sans effet, quel que soit leur nombre, parce qu'ils ne peuvent s'entendre. Les tyrans leur enlèvent toute liberté de faire, de parler et presque de penser, et ils demeurent isolés dans leurs rêves. Momus ne plaisantait pas trop, lorsqu'il trouvait à redire à l'homme forgé par Vulcain, en ce qu'il n'avait pas une petite fenêtre au cœur, afin qu'on pût y voir ses pensées…

On dit que Brutus et Cassius, lorsqu'ils entreprirent de délivrer Rome (c'est-à-dire le monde entier), ne voulurent point que Cicéron, ce grand zélateur du bien public, fût de la partie, jugeant son cœur trop faible pour un si haut fait. Ils croyaient bien à son vouloir, mais non à son courage. Qui voudra se rappeler les temps passés et compulser les annales anciennes se convaincra que presque tous ceux qui, voyant leur pays malmené et en de mauvaises mains, formèrent le dessein de le délivrer, dans une intention bonne, entière et droite, en vinrent facilement à bout ; pour se manifester elle-même, la liberté vint toujours à leur aide. Harmodius, Aristogiton, Thrasybule, Brutus l'Ancien, Valerius et

Dion, qui conçurent un projet si vertueux, l'exécutèrent avec bonheur. En de tels cas, le ferme vouloir garantit presque toujours le succès. Brutus le jeune et Cassius réussirent à briser la servitude ; ils périrent lorsqu'ils tentèrent de ramener la liberté, non pas misérablement — car qui oserait trouver rien de misérable ni dans leur vie ni dans leur mort ? — mais au grand dommage, pour le malheur perpétuel et pour la ruine entière de la république, laquelle, ce me semble, fut enterrée avec eux. Les autres tentatives essayées depuis contre les empereurs romains ne furent que les conjurations de quelques ambitieux dont l'irréussite et la mauvaise fin ne sont pas à regretter, vu qu'ils ne désiraient pas renverser le trône, mais seulement ébranler la couronne, cherchant à chasser le tyran pour mieux garder la tyrannie. Quant à ceux-là, je serais bien fâché qu'ils eussent réussi, et je suis content qu'ils aient montré par leur exemple qu'il ne faut pas abuser du saint nom de la liberté pour conduire une mauvaise action.

Mais pour revenir à mon sujet, que j'avais presque perdu de vue, la première raison pour laquelle les hommes servent volontairement, c'est qu'ils naissent serfs et qu'ils sont élevés comme tels. De cette première raison découle cette autre : que, sous les tyrans, les gens deviennent aisément lâches et efféminés. Je sais gré au grand Hippocrate, père de la médecine, de l'avoir si bien remarqué dans son livre des maladies. Cet homme avait bon cœur, et il le montra lorsque le roi de Perse voulut l'attirer près de lui à force d'offres et de grands présents ; il lui répondit franchement qu'il se ferait un cas de conscience de s'occuper à guérir les Barbares qui voulaient tuer les Grecs, et à servir par son art celui qui voulait asservir son pays. La lettre qu'il lui écrivit se trouve encore aujourd'hui dans ses autres œuvres ; elle témoignera toujours de son courage et de sa noblesse.

Il est certain qu'avec la liberté on perd aussitôt la vaillance. Les gens soumis n'ont ni ardeur ni pugnacité au combat. Ils y vont comme ligotés et tout engourdis, s'acquittant avec peine d'une obligation. Ils ne sentent pas bouillir dans leur cœur l'ardeur de la liberté qui fait mépriser le péril et donne envie de gagner, par une belle mort auprès de ses compagnons, l'honneur et la gloire. Chez les hommes libres au contraire, c'est à l'envi, à qui mieux mieux, chacun pour tous et chacun pour soi : ils savent qu'ils recueilleront une part égale au mal de la défaite ou au bien de la victoire. Mais les gens soumis, dépourvus de courage et de vivacité, ont le cœur bas et mou et sont incapables de toute grande action. Les tyrans le savent bien. Aussi font-ils tout leur possible pour mieux les avachir.

L'historien Xénophon, l'un des plus sérieux et des plus estimés parmi les Grecs, a fait un petit livre dans lequel il fait dialoguer Simonide avec Hiéron, tyran de Syracuse, sur les misères du tyran. Ce livre est plein de leçons bonnes et graves qui ont aussi, selon moi, une grâce infinie. Plut à Dieu que tous les tyrans qui aient jamais été, l'eussent placé devant eux en guise de miroir. Ils y auraient certainement reconnu leurs verrues et en auraient pris honte de leurs taches. Ce traité parle de la peine qu'éprouvent les tyrans qui, faisant du mal à tous, sont obligés de craindre tout le monde. Il dit, entre autres choses, que les mauvais rois prennent à leur service des étrangers mercenaires parce qu'ils n'osent plus donner les armes à leurs sujets, qu'ils ont maltraités. En France même, plus encore autrefois qu'aujourd'hui, quelques bons rois ont bien eu à leur solde des troupes étrangères, mais c'était plutôt pour sauvegarder leurs propres sujets ; ils ne regardaient pas à la dépense pour épargner les hommes. C'était aussi, je crois, l'opinion du grand Scipion l'Africain, qui aimait mieux avoir sauvé la vie d'un citoyen que d'avoir défait cent ennemis. Mais ce qui est certain, c'est que le tyran ne croit jamais sa puissance assurée s'il n'est pas parvenu au point de n'avoir pour sujets que des hommes sans valeur. On pourrait lui dire à juste titre ce que, d'après Térence, Thrason disait au maître des éléphants :
« Si brave donc vous êtes,
Que vous avez charge des bêtes ? »

Cette ruse des tyrans d'abêtir leurs sujets n'a jamais été plus évidente que dans la conduite de Cyrus envers les Lydiens, après qu'il se fut emparé de leur capitale et qu'il eut pris pour captif Crésus, ce roi si riche. On lui apporta la nouvelle que les habitants de Sardes s'étaient révoltés. Il les eut bientôt réduits à l'obéissance. Mais ne voulant pas saccager une aussi belle ville ni être obligé d'y tenir une armée pour la maîtriser, il s'avisa d'un expédient admirable pour s'en assurer la possession. Il y établit des bordels, des tavernes et des jeux publics, et publia une ordonnance qui obligeait les citoyens à s'y rendre. Il se trouva si bien de cette garnison que, par la suite, il n'eut plus à tirer l'épée contre les Lydiens. Ces misérables s'amusèrent à inventer toutes sortes de jeux si bien que, de leur nom même, les Latins formèrent le mot par lequel ils désignaient ce que nous appelons passe-temps, qu'ils nommaient Ludi, par corruption de Lydi.

Tous les tyrans n'ont pas déclaré aussi expressément vouloir efféminer leurs sujets ; mais de fait, ce que celui-là ordonna formellement, la plupart d'entre eux l'ont fait en cachette. Tel est le penchant naturel du peuple ignorant qui, d'ordinaire, est plus nombreux dans les villes : il est soupçonneux envers celui qui l'aime et confiant envers celui qui le trompe. Ne croyez pas qu'il y ait nul oiseau qui se prenne mieux à la pipée, ni aucun poisson qui, pour la friandise du ver, morde plutôt à l'hameçon que tous ces peuples qui se laissent promptement allécher à la servitude, pour la moindre douceur qu'on leur fait goûter. C'est chose merveilleuse qu'ils se laissent aller si promptement, pour peu qu'on les chatouille. Le théâtre, les jeux, les farces, les spectacles, les gladiateurs, les bêtes curieuses, les médailles, les tableaux et autres drogues de cette espèce étaient pour les peuples anciens les appâts de la servitude, le prix de leur liberté ravie, les outils de la tyrannie. Ce moyen, cette pratique, ces allèchements étaient ceux qu'employaient les anciens tyrans pour endormir leurs sujets sous le joug. Ainsi les peuples abrutis, trouvant beaux tous ces passe-temps, amusés d'un vain plaisir qui les éblouissait, s'habituaient à servir aussi niaisement mais plus mal que les petits enfants n'apprennent à lire avec des images brillantes.

Les tyrans romains renchérirent encore sur ces moyens en faisant souvent festoyer les décuries, en gorgeant comme il le fallait cette canaille qui se laisse aller plus qu'à toute autre chose au plaisir de la bouche. Ainsi, le plus éveillé d'entre eux n'aurait pas quitté son écuelle de soupe pour recouvrer la liberté de la République de Platon. Les tyrans faisaient largesse du quart de blé, du septier de vin, du sesterce, et c'était pitié alors d'entendre crier : « Vive le roi ! » Ces lourdauds ne s'avisaient pas qu'ils ne faisaient que recouvrer une part de leur bien, et que cette part même qu'ils en recouvraient, le tyran n'aurait pu la leur donner si, auparavant, il ne la leur avait enlevée.

Tel ramassait aujourd'hui le sesterce, tel se gorgeait au festin public en bénissant Tibère et Néron de leur libéralité qui, le lendemain, contraint d'abandonner ses biens à l'avidité, ses enfants à la luxure, son sang même à la cruauté de ces empereurs magnifiques, ne disait mot, pas plus qu'une pierre, et ne se remuait pas plus qu'une souche. Le peuple ignorant a toujours été ainsi : au plaisir qu'il ne peut honnêtement recevoir, il est tout dispos et dissolu ; au tort et à la douleur qu'il peut honnêtement souffrir, il est insensible.

Je ne vois personne aujourd'hui qui, entendant parler de Néron, ne tremble au seul nom de ce vilain monstre, de cette sale peste du monde. Il faut pourtant dire qu'après la mort, aussi dégoûtante que sa vie, de ce bouteleu, de ce bourreau, de cette bête sauvage, ce fameux peuple romain en éprouva tant de déplaisir, se rappelant ses jeux et ses festins, qu'il fut sur le point d'en porter le deuil. C'est du moins ce qu'en écrit Tacite, excellent auteur, historien des plus fiables. Et l'on ne trouvera pas cela étrange si l'on considère ce que ce même peuple avait déjà fait à la mort de Jules César, qui avait donné congé aux lois et à la liberté romaine. On louait surtout, ce me semble, dans ce personnage, son « humanité » ; or, elle fut plus funeste à son pays que la plus grande cruauté du plus sauvage tyran qui ait jamais vécu, car à la vérité ce fut cette venimeuse douceur qui emmiella pour le peuple romain le breuvage de la servitude. Après sa mort, ce peuple-là qui avait encore à la bouche le goût de ses banquets et à l'esprit la mémoire de ses prodigalités, amoncela les bancs de la place publique pour lui en faire un grand bûcher d'honneur ; puis il lui éleva une colonne comme au Père du peuple (le chapiteau portait cette inscription) ; enfin il fit plus d'honneurs à ce mort qu'il n'aurait dû en faire à un vivant, et d'abord à ceux qui l'avaient tué.

Les empereurs romains n'oubliaient surtout pas de prendre le titre de Tribun du peuple, parce que cet office était tenu pour saint et sacré ; établi pour la défense et la protection du peuple, il jouissait d'une haute faveur dans l'État. Ils s'assuraient par ce moyen que le peuple se fierait mieux à eux, comme s'il lui suffisait d'entendre ce nom, sans avoir besoin d'en sentir les effets. Mais ils ne font guère mieux ceux d'aujourd'hui qui, avant de commettre leurs crimes les plus graves, les font toujours précéder de quelques jolis discours sur le bien public et le soulagement des malheureux. On connaît la formule dont ils font si finement usage ; mais peut-on parler de finesse là où il y a tant d'impudence ? Les rois d'Assyrie, et après eux les rois Mèdes, paraissaient en public le plus rarement possible, pour faire supposer au peuple qu'il y avait en eux quelque chose de surhumain et laisser rêver ceux qui se montent l'imagination sur les choses qu'ils ne peuvent voir de leurs propres yeux. Ainsi tant de nations qui furent longtemps sous l'empire de ces rois mystérieux s'habituèrent à les servir, et les servirent d'autant plus volontiers qu'ils ignoraient qui était leur maître, ou même s'ils en avaient un ; de telle sorte qu'ils vivaient dans la crainte d'un être que personne n'avait jamais vu.

Les premiers rois d'Égypte ne se montraient guère sans porter tantôt une branche, tantôt du feu sur la tête : ils se masquaient et jouaient aux bateleurs, inspirant par ces formes étranges respect et admiration à leurs sujets qui, s'ils n'avaient pas été aussi stupides ou soumis, auraient dû s'en moquer et en rire. C'est vraiment lamentable de découvrir tout ce que faisaient les tyrans du temps passé pour fonder leur tyrannie, de voir de quels petits moyens ils se servaient, trouvant toujours la populace si bien disposée à leur égard qu'ils n'avaient qu'à tendre un filet pour la prendre ; ils n'ont jamais eu plus de facilité à la tromper et ne l'ont jamais mieux asservie que lorsqu'ils s'en moquaient le plus.

Que dirai-je d'une autre sornette que les peuples anciens prirent pour argent comptant ? Ils crurent fermement que l'orteil de Pyrrhus, roi d'Épire, faisait des miracles et guérissait les malades de la rate. Ils enjolivèrent encore ce conte en disant que, lorsqu'on eut brûlé le cadavre de ce roi, l'orteil se retrouva dans les cendres, épargné du feu, intact. Le peuple a toujours ainsi fabriqué lui-même les mensonges, pour y ajouter ensuite une foi stupide. Bon nombre d'auteurs ont rapporté ces mensonges ; on voit aisément qu'ils les ont ramassés dans les ragots des villes et les fables des ignorants. Telles sont les merveilles que fit Vespasien, revenant d'Assyrie et passant par Alexandrie pour aller à Rome s'emparer de l'Empire : il redressait les boiteux, rendait clairvoyants les aveugles, et mille autres choses qui ne pouvaient être crues, à mon avis, que par de plus aveugles que ceux qu'il guérissait.

Les tyrans eux-mêmes trouvaient étrange que les hommes souffrissent qu'un autre les maltraitât, c'est pourquoi ils se couvraient volontiers du manteau de la religion et s'affublaient autant que faire se peut des oripeaux de la divinité pour cautionner leur méchante vie. Ainsi Salmonée, pour s'être moqué du peuple en faisant son Jupiter, se trouve maintenant au fin fond de l'enfer, selon la sibylle de Virgile, qui l'y a vu :

« Souffrant cruels tourments, pour vouloir imiter
Les tonnerres du ciel, et feux de Jupiter,
Dessus quatre coursiers, celui allait, branlant,
Haut monté, dans son poing un grand flambeau brillant.
Par les peuples grégeois et dans le plein marché,
Dans la ville d'Élide haut il avait marché
Et faisant sa bravade ainsi entreprenait
Sur l'honneur qui, sans plus, aux dieux appartenait.

L'insensé, qui l'orage et foudre inimitable
Contrefaisait, d'airain, et d'un cours effroyable
De chevaux cornepieds, le Père tout-puissant ;
Lequel, bientôt après, ce grand mal punissant,
Lança, non un flambeau, non pas une lumière
D'une torche de cire, avec sa fumière,
Et de ce rude coup d'une horrible tempête,
Il le porta à bas, les pieds par-dessus tête »

Si celui qui voulut simplement faire l'idiot se trouve là-bas si bien traité, je pense que ceux qui ont abusé de la religion pour mal faire s'y trouveront encore à meilleure enseigne.

Nos tyrans de France ont semé aussi je ne sais quoi du genre : des crapauds, des fleurs de lys, la Sainte Ampoule et l'oriflamme. Toutes choses que, pour ma part et quoi qu'il en soit, je ne veux pas croire n'être que des balivernes, puisque nos ancêtres les croyaient et que de notre temps nous n'avons eu aucune occasion de les soupçonner telles. Car nous avons eu quelques rois si bons à la paix, si vaillants à la guerre que, bien qu'ils fussent nés rois, il semble que la nature ne les ait pas faits comme les autres et que le dieu tout-puissant les ait choisis avant leur naissance pour leur confier le gouvernement et la garde de ce royaume. Et quand cela ne serait pas, je ne voudrais pas entrer en lice pour débattre de la vérité de nos histoires, ni les éplucher trop librement pour ne pas ravir ce beau thème où pourra si bien s'escrimer notre poésie française, cette poésie non seulement agrémentée, mais pour, ainsi dire refaite à neuf par nos Ronsard, Baïf et du Bellay : ils :font tellement progresser notre langue que bientôt, j'ose l'espérer, nous n'aurons rien à envier aux Grecs ni aux Latins, hormis le droit d'aînesse.

Certes, je ferais grand tort à notre rime (j'use volontiers de ce mot qui me plaît, car bien que plusieurs l'aient rendue purement mécanique, j'en vois toutefois assez d'autres capables de l'anoblir et de lui rendre son premier lustre). Je lui ferais, dis-je, grand tort en lui ravissant ces jolis contes du roi Clavis, dans lesquels s'égaiera si plaisamment, si aisément, la verve de notre Ronsard, dans sa Franciade. Je saisis sa portée, je connais son esprit fin et je sais la grâce de l'homme. Il fera son affaire de l'oriflamme, aussi bien que les Romains le faisaient de leurs ancilles et de ces « boucliers du ciel en bas jetés », dont parle Virgile. Il tirera de notre Sainte Ampoule un parti aussi bon que les Athéniens en tirèrent de leur corbeille d'Erisicthone. Il parlera de nos armoiries aussi bien qu'eux de leur olivier, qu'ils prétendent exister encore dans la tour de Minerve. Certes, je serais téméraire de vouloir démentir nos livres et de courir ainsi sur les terres de nos poètes.

Mais pour revenir à mon sujet, dont je me suis éloigné je ne sais trop comment, n'est-il pas clair que les tyrans, pour s'affermir, se sont efforcés d'habituer le peuple, non seulement à l'obéissance et à la servitude mais encore à leur dévotion ? Tout ce que j'ai dit jusqu'ici des moyens employés par les tyrans pour asservir n'est exercé que sur le petit peuple ignorant.

J'en arrive maintenant à un point qui est, selon moi, le ressort et le secret de la domination, le soutien et le fondement de toute tyrannie. Celui qui penserait que les hallebardes, les gardes et le guet garantissent les tyrans, se tromperait fort. Ils s'en servent, je crois, par forme et pour épouvantail, plus qu'ils ne s'y fient. Les archers barrent l'entrée des palais aux malhabiles qui n'ont aucun moyen de nuire, non aux audacieux bien armés. On voit aisément que, parmi les empereurs romains, moins nombreux sont ceux qui échappèrent au danger grâce au secours de leurs archers qu'il n'y en eut de tués par ces archers mêmes. Ce ne sont pas les bandes de gens à cheval, les compagnies de fantassins, ce ne sont pas les armes qui défendent un tyran, mais toujours (on aura peine à le croire d'abord, quoique ce soit l'exacte vérité) quatre ou cinq hommes qui le soutiennent et qui lui soumettent tout le pays. Il en a toujours été ainsi : cinq ou six ont eu l'oreille du tyran et s'en sont approchés d'eux-mêmes, ou bien ils ont été appelés par lui pour être les complices de ses cruautés, les compagnons de ses plaisirs, les maquereaux de ses voluptés et les bénéficiaires de ses rapines. Ces six dressent si bien leur chef qu'il en devient méchant envers la société, non seulement de sa propre méchanceté mais encore des leurs. Ces six en ont tous eu six cents, qu'ils corrompent autant qu'ils ont corrompu le tyran. Ces six cents en tiennent sous leur dépendance six mille, qu'ils élèvent en dignité. Ils leur font donner le gouvernement des provinces ou le maniement des deniers afin de les tenir par leur avidité ou par leur cruauté, afin qu'ils les exercent à point nommé et fassent d'ailleurs tant de mal qu'ils ne puissent se maintenir que sous leur ombre, qu'ils ne puissent s'exempter des lois et des peines que grâce à leur protection. Grande est la série de ceux qui les suivent. Et qui voudra en dévider le fil verra que, non pas six mille, mais cent mille et des millions tiennent au tyran par cette chaîne ininterrompue qui les soude et les attache à lui, comme Homère le fait dire à Jupiter qui se targue, en tirant une telle chaîne, d'amener à lui tous les dieux. De là venait l'accroissement du pouvoir du Sénat sous Jules César, l'établissement de nouvelles fonctions, l'institution de nouveaux offices, non certes pour réorganiser la justice, mais pour donner de nouveaux soutiens à la tyrannie. En somme, par les gains et les faveurs qu'on reçoit des tyrans, on en arrive à ce point qu'ils se trouvent presque aussi nombreux, ceux auxquels la tyrannie profite, que ceux auxquels la liberté plairait. Au dire des médecins, bien que rien ne paraisse changé dans notre corps, dès que quelque tumeur se manifeste en un seul endroit, toutes les humeurs se portent vers cette partie véreuse. De même, dès qu'un roi s'est déclaré tyran, tout le mauvais, toute la lie du royaume, je ne dis pas un tas de petits friponneaux et de faquins qui ne peuvent faire ni mal ni bien dans un pays, mais ceux qui sont possédés d'une ambition ardente et d'une avidité notable se groupent autour de lui et le soutiennent pour avoir part au butin et pour être, sous le grand tyran, autant de petits tyranneaux.

Tels sont les grands voleurs et les fameux corsaires ; les uns courent le pays, les autres pourchassent les voyageurs ; les uns sont en embuscade, les autres au guet ; les uns massacrent, les autres dépouillent, et bien qu'il y ait entre eux des prééminences, que les uns ne soient que des valets et les autres des chefs de bande, à la fin il n'y en a pas un qui ne profite, sinon du butin principal, du moins de ses restes. On dit que les pirates siciliens se rassemblèrent en un si grand nombre qu'il fallut envoyer contre eux le grand Pompée, et qu'ils attirèrent à leur alliance plusieurs belles et grandes villes dans les havres desquelles, en revenant de leurs courses, ils se mettaient en sûreté, leur donnant en échange une part des pillages qu'elles avaient recélés.

C'est ainsi que le tyran asservit les sujets les uns par les autres. Il est gardé par ceux dont il devrait se garder, s'ils valaient quelque chose. Mais on l'a fort bien dit : pour fendre le bois, on se fait des coins du bois même ; tels sont ses archers, ses gardes, ses hallebardiers. Non que ceux-ci n'en souffrent souvent eux-mêmes ; mais ces misérables abandonnés de Dieu et des hommes se contentent d'endurer le mal et d'en faire, non à celui qui leur en fait, mais bien à ceux qui, comme eux, l'endurent et n'y peuvent mais. Quand je pense à ces gens qui flattent le tyran pour exploiter sa tyrannie et la servitude du peuple, je suis presque aussi souvent ébahi de leur méchanceté qu'apitoyé de leur sottise.

Car à vrai dire, s'approcher du tyran, est-ce autre chose que s'éloigner de sa liberté et, pour ainsi dire, embrasser et serrer à deux mains sa servitude ? Qu'ils mettent un moment à part leur ambition, qu'ils se dégagent un peu de leur avidité, et puis qu'ils se regardent ; qu'ils se considèrent eux-mêmes : ils verront claire-ment que ces villageois, ces paysans qu'ils foulent aux pieds et qu'ils traitent comme des forçats ou des esclaves, ils verront, dis-je, que ceux-là, si malmenés, sont plus heureux qu'eux et en quel-que sorte plus libres. Le laboureur et l'artisan, pour asservis qu'ils soient, en sont quittes en obéissant ; mais le tyran voit ceux qui l'entourent coquinant et mendiant sa faveur. Il ne faut pas seulement qu'ils fassent ce qu'il ordonne, mais aussi qu'ils pensent ce qu'il veut et souvent même, pour le satisfaire, qu'ils préviennent ses propres désirs. Ce n'est pas le tout de lui obéir, il faut encore lu complaire ; il faut qu'ils se rompent, se tourmentent, se tuent à traiter ses affaires, et puisqu'ils ne se plaisent qu'à son plaisir, qu'ils sacrifient leur goût au sien, qu'ils forcent leur tempérament et dépouillent leur naturel. Il faut qu'ils soient attentifs à ses paroles, à sa voix, à ses regards, à ses gestes : que leurs yeux, leurs pieds, leurs mains soient continuellement occupés à épier ses volontés et à deviner ses pensées.

Est-ce là vivre heureux ? Est-ce même vivre ? N'est-il rien au monde de plus insupportable que cet état, je ne dis pas pour tout homme de cœur, mais encore pour celui qui n'a que le simple bon sens, ou même figure d'homme ? Quelle condition est plus misérable que celle de vivre ainsi, n'ayant rien à soi et tenant d'un autre son aise, sa liberté, son corps et sa vie ?

Mais ils veulent servir pour amasser des biens : comme s'ils ne pouvaient rien gagner qui fût à eux, puisqu'ils ne peuvent même pas dire qu'ils sont à eux-mêmes. Et comme si quelqu'un pouvait avoir quelque chose à soi sous un tyran, ils veulent se rendre possesseurs de biens, oubliant que ce sont eux qui lui donnent la force de ravir tout à tous, et de ne rien laisser qu'on puisse dire être à sa personne. Ils voient pourtant que ce sont les biens qui rendent les hommes dépendants de sa cruauté ; qu'il n'y a aucun crime plus digne de mort, selon lui, que l'avantage d'autrui ; qu'il n'aime que les richesses et ne s'attaque qu'aux riches ; ceux-là viennent cependant se présenter à lui comme des moutons devant le boucher, pleins et bien repus comme pour lui faire envie.

Ces favoris devraient moins se souvenir de ceux qui ont gagné beaucoup auprès des tyrans que de ceux qui, s'étant gorgés quelque temps, y ont perdu peu après les biens et la vie. Ils devraient moins songer au grand nombre de ceux qui y ont acquis des richesses qu'au petit nombre de ceux qui les ont conservées. Qu'on parcoure toutes les histoires anciennes et qu'on rappelle toutes celles dont nous nous souvenons, on verra combien nombreux sont ceux qui, arrivés par de mauvais moyens jusqu'à l'oreille des princes, soit en flattant leurs mauvais penchants, soit en abusant de leur naïveté, ont fini par être écrasés par ces mêmes princes, qui avaient mis autant de facilité à les élever que d'inconstance à les défendre. Parmi le grand nombre de ceux qui se sont trouvés auprès des mauvais rois, il n'en est peu ou presque pas qui n'aient éprouvé eux-mêmes la cruauté du tyran, qu'ils avaient auparavant attisée contre d'autres. Souvent enrichis à l'ombre de sa faveur des dépouilles d'autrui, ils l'ont à la fin enrichi eux-mêmes de leur propre dépouille.

Et même les gens de bien — il arrive parfois que le tyran les aime —, si avancés qu'ils soient dans sa bonne grâce, si brillantes que soient en eux la vertu et l'intégrité (qui, même aux méchants, inspirent quelque respect lorsqu'on les voit de près) ; ces gens de bien, dis-je, ne sauraient se maintenir auprès du tyran ; il faut qu'ils se ressentent aussi du mal commun et qu'ils éprouvent la tyrannie à leurs dépens. Tel un Sénèque, un Burrhus, un Trazéas : cette trinité de gens de bien dont les deux premiers eurent le malheur de s'approcher d'un tyran qui leur confia le maniement de ses affaires, tous deux chéris de lui, et bien que l'un d'eux l'eût élevé, ayant pour gage de son amitié les soins qu'il avait donnés à son enfance, ces trois-là, dont la mort fut si cruelle, ne sont-ils pas des exemples suffisants du peu de confiance que l'on doit avoir dans la faveur d'un méchant maître ? En vérité, quelle amitié attendre de celui qui a le cœur assez dur pour haïr tout un royaume qui ne fait que lui obéir, et d'un être qui, ne sachant aimer, s'appauvrit lui-même et détruit son propre empire ?

Or si l'on veut dire que Sénèque, Burrhus et Traséas n'ont éprouvé ce malheur que pour avoir été trop gens de bien, qu'on cherche attentivement autour de Néron lui-même : on verra que tous ceux qui furent en grâce auprès de lui et qui s'y maintinrent par leur méchanceté n'eurent pas une fin meilleure. Qui a jamais entendu parler d'un amour aussi effréné, d'une affection aussi opiniâtre, qui a jamais vu d'homme aussi obstinément attaché à une femme que celui-là le fut à Poppée ? Or il l'empoisonna lui-même. Sa mère, Agrippine, pour le placer sur le trône, avait tué son propre mari Claude ; elle avait tout entrepris et tout souffert pour le favoriser. Et cependant son fils, son nourrisson, celui-là qu'elle avait fait empereur de sa propre main, lui ôta la vie après l'avoir souvent maltraitée. Personne ne nia qu'elle n'eût bien mérité cette punition, si elle avait été infligée par n'importe qui d'autre.

Qui ne fut jamais plus facile à manier, plus simple et, pour mieux dire, plus niais que l'empereur Claude ? Qui ne fut jamais plus coiffé d'une femme que lui de Messaline ? Il la livra pourtant au bourreau. Les tyrans bêtes restent bêtes au point de ne jamais savoir faire le bien, mais je ne sais comment, à la fin, le peu qu'ils ont d'esprit se réveille en eux pour user de cruauté même envers leurs proches. On connaît assez le mot de celui-là qui, voyant découverte la gorge de sa femme, de celle qu'il aimait le plus, sans laquelle il semblait qu'il ne pût vivre, lui adressa ce joli compliment : « Ce beau cou sera coupé tout à l'heure, si je l'ordonne. » Voilà pourquoi la plupart des anciens tyrans ont presque tous été tués par leurs favoris : connaissant la nature de la tyrannie, ceux-ci n'étaient guère rassurés sur la volonté du tyran et se défiaient de sa puissance. C'est ainsi que Domitien fut tué par Stéphanus, Commode par une de ses maîtresses, Caracalla par le centurion Martial excité par Macrin, et de même presque tous les autres.

Certainement le tyran n'aime jamais, et n'est jamais aimé. L'amitié est un nom sacré, une chose sainte. Elle n'existe qu'entre gens de bien. Elle naît d'une mutuelle estime et s'entretient moins par les bienfaits que par l'honnêteté. Ce qui rend un ami sûr de l'autre, c'est la connaissance de son intégrité. Il en a pour garants son bon naturel, sa fidélité, sa constance. Il ne peut y avoir d'amitié là où se trouvent la cruauté, la déloyauté, l'injustice. Entre méchants, lorsqu'ils s'assemblent, c'est un complot et non une société. Ils ne s'aiment pas mais se craignent. Ils ne sont pas amis, mais complices.

Quand bien même cela ne serait pas, il serait difficile de trouver chez un tyran un amour sûr, parce qu'étant au-dessus de tous et n'ayant pas de pairs, il est déjà au-delà des bornes de l'amitié. Celle-ci fleurit dans l'égalité, dont la marche est toujours égale et ne peut jamais clocher. Voilà pourquoi il y a bien, comme on le dit, une espèce de bonne foi parmi les voleurs lors du partage du butin, parce qu'alors ils y sont tous pairs et compagnons. S'ils ne s'aiment pas, du moins se craignent-ils. Ils ne veulent pas amoindrir leur force en se désunissant.

Mais les favoris d'un tyran ne peuvent jamais compter sur lui parce qu'ils lui ont eux-mêmes appris qu'il peut tout, qu'aucun droit ni devoir ne l'oblige, qu'il est habitué à n'avoir pour raison que sa volonté, qu'il n'a pas d'égal et qu'il est le maître de tous. N'est-il pas déplorable que, malgré tant d'exemples éclatants, sachant le danger si présent, personne ne veuille tirer leçon des misères d'autrui et que tant de gens s'approchent encore si volontiers des tyrans ? Qu'il ne s'en trouve pas un pour avoir la prudence et le courage de leur dire, comme le renard de la fable au lion qui faisait le malade : « J'irais volontiers te rendre visite dans ta tanière ; mais je vois assez de traces de bêtes qui y entrent ; quant à celles qui en sortent, je n'en vois aucune. »

Ces misérables voient reluire les trésors du tyran ; ils admirent, tout ébahis, les éclats de sa magnificence ; alléchés par cette lueur, ils s'approchent sans s'apercevoir qu'ils se jettent dans une flamme qui ne peut manquer de les dévorer. Ainsi le satyre imprudent de la fable, voyant briller le feu ravi par Prométhée, le trouva si beau qu'il alla le baiser et s'y brûla. Ainsi le papillon qui, espérant jouir de quelque plaisir, se jette au feu parce qu'il le voit briller, éprouve bientôt, comme dit Lucain, qu'il a aussi le pouvoir de brûler.

Mais supposons encore que ces mignons échappent aux mains de celui qu'ils servent, ils ne se sauvent jamais de celles du roi qui lui succède. S'il est bon, il leur faut alors rendre des comptes et se soumettre à la raison ; s'il est mauvais comme leur ancien maître, il ne peut manquer d'avoir aussi ses favoris qui, d'ordinaire, non contents de prendre leur place, leur arrachent aussi le plus souvent leurs biens et leur vie. Se peut-il donc qu'il se trouve quelqu'un qui, face à un tel péril et avec si peu de garanties, veuille prendre une position si malheureuse et servir avec tant de souffrances un maître aussi dangereux ?

Quelle peine, quel martyre, grand Dieu ! Être occupé nuit et jour à plaire à un homme, et se méfier de lui plus que de tout autre au monde. Avoir toujours l'œil aux aguets, l'oreille aux écoutes, pour épier d'où viendra le coup, pour découvrir les embûches, pour tâter la mine de ses concurrents, pour deviner le traître. Sourire à chacun et se méfier de tous, n'avoir ni ennemi ouvert ni ami assuré, montrer toujours un visage riant quand le cœur est transi ; ne pas pouvoir être joyeux, ni oser être triste !

Il est vraiment plaisant de considérer ce qui leur revient de ce grand tourment, et de voir le bien qu'ils peuvent attendre de leur peine et de leur vie misérable : ce n'est pas le tyran que le peuple accuse du mal qu'il souffre, mais bien ceux qui le gouvernent.

Ceux-là, les peuples, les nations, tous à l'envi jusqu'aux paysans, jusqu'aux laboureurs, connaissent leurs noms, décomptent leurs vices ; ils amassent sur eux mille outrages, mille insultes, mille jurons. Toutes les prières, toutes les malédictions sont contre eux. Tous les malheurs, toutes les pestes, toutes les famines leur sont comptées ; et si l'on fait parfois semblant de leur rendre hommage, dans le même temps on les maudit du fond du cœur et on les tient plus en horreur que des bêtes sauvages. Voilà la gloire, voilà l'honneur qu'ils recueillent de leurs services auprès des gens qui, s'ils pouvaient avoir chacun un morceau de leur corps, ne s'estimeraient pas encore satisfaits, ni même à demi consolés de leur souffrance. Même après leur mort, leurs survivants n'ont de cesse que le nom de ces mange-peuples ne soit noirci de l'encre de mille plumes, et leur réputation déchirée dans mille livres.

Même leurs os sont, pour ainsi dire, traînés dans la boue par la postérité, comme pour les punir encore après leur mort de leur méchante vie.

Apprenons donc ; apprenons à bien faire. Levons les yeux vers le ciel pour notre honneur ou pour l'amour de la vertu, mieux encore pour ceux du Dieu tout-puissant, fidèle témoin de nos actes et juge de nos fautes. Pour moi, je pense — et ne crois pas me tromper — puisque rien n'est plus contraire à un Dieu bon et libéral que la tyrannie, qu'il réserve là-bas tout exprès, pour les tyrans et leurs complices, quelque peine particulière.

Disponible dans la collection

Les Atemporels

- **Psychologie des foules** de Gustave Le Bon
  Préfacé par Benoist Rousseau

- **Claude Gueux** de Victor Hugo
  Préfacé par Arthur Saint-Servan

- **Le colonel Chabert** d'Honoré de Balzac
  Préfacé par Alain Maufinet

- **Le tour du monde en 80 jours** de Jules Verne
  Préfacé par Marc Tardieu

- **Les chants de Maldoror** du Compte de Lautréamont
  Préfacé par Arnaud Lesaulnier

- **Gamiani ou deux nuits d'excès** d'Alfred de Musset
  Préfacé par Laetitia Cavagni

- **La ferme des animaux** de George Orwell
  Traduit, adapté et préfacé par Aïssatou Thiam

- **Le diable au corps** de Raymond Radiguet
  Préfacé par Franck Antunes